幽韵雅集·古诗词选

山水奇

云住青山水到渊

孟祥静 编著

陕西新华出版传媒集团
太白文艺出版社

图书在版编目（CIP）数据

山水奇 ：云住青山水到渊 / 孟祥静编著 . -- 西安 ：
太白文艺出版社，2020.9
（幽韵雅集 · 古诗词选 / 李路主编）
ISBN 978-7-5513-1871-6

Ⅰ . ①山… Ⅱ . ①孟… Ⅲ . ①古典诗歌－诗集－中国
Ⅳ . ① I222

中国版本图书馆 CIP 数据核字（2020）第 135332 号

山水奇：云住青山水到渊
SHANSHUIQI:YUN ZHU QINGSHAN SHUI DAO YUAN

主　　编　李　路
作　　者　孟祥静
责任编辑　李明婕
装帧设计　钟文娟　刘昌凤
出版发行　陕西新华出版传媒集团
　　　　　太白文艺出版社
经　　销　新华书店
印　　刷　河北环京美印刷有限公司
开　　本　787mm × 1092mm　1/32
字　　数　76 千字
印　　张　6.5
版　　次　2020 年 9 月第 1 版
印　　次　2020 年 9 月第 1 次印刷
书　　号　ISBN 978-7-5513-1871-6
定　　价　49.80 元

联系电话：029-81206800
出版社地址：西安市曲江新区登高路 1388 号（邮编：710061）
营销中心电话：029-87277748　029-87217872

总序

行幽韵之事，博雅趣之长

李路

有书云：香令人幽，酒令人远，茶令人爽，琴令人寂，棋令人闲，剑令人侠，杖令人轻，麈令人雅，月令人清，竹令人冷，花令人韵，石令人隽，雪令人旷，僧令人淡，蒲团令人野，美人令人怜，山水令人奇，书史令人博，金石鼎彝令人古。

说尽世间之『韵』事也。

古典诗词蕴含着中华民族千年文化的基因，从中国诗歌的滥觞《诗经》开始，绵延不绝，形成了楚辞、唐诗、宋词、元曲等一座座高峰。这些跨越千年的文字，如那亘古沉静的璀璨星辰，点亮中华文明的发展历程，使之流光溢彩、熠熠生辉。

曾几何时，我们跟随苏子瞻共吟『莫听穿林打叶声，何妨吟啸且徐行。竹杖芒鞋轻胜马，谁怕？一蓑烟雨任平生』，千古洒脱、百世豁达；跟随李太白同问『青天有月来几时，我今停杯一问之』，豪放俊迈、浪漫飘逸；跟随王摩诘共奏『独坐幽篁里，弹琴复长啸』，诗卷漫天，物我两忘；跟随李易安同叹『醉里插花花莫笑，可怜春似人将老』，真挚庄雅，婉丽哀伤；跟随纳兰容若共愁『西风多少恨，吹不散眉弯』，哀感顽艳，格高韵远……这些熟悉的文字，勾勒出一圈圈唯美的时光年轮，伴随我们安静地与岁月对话。

古人善雅事，『纸帐梅花，休惊他三春清梦；笔床茶灶，可了我半日浮生』『灯下玩花，帘内看月，雨后观景，醉里题诗，梦中闻书声，皆有别趣』。

据此，择香、酒、茶、琴、棋、剑、杖、麈、月、竹、花、

石、雪、僧、美人、山水、书史、金石相应清诗雅词，辑为小集，名『幽韵雅集』，行幽韵之事，博雅趣之长。

让我们在这些文字中赏松阴花影的静谧，山月美人的清魂，拨弦烹茶的惬意，采菱秋水的灵动。听琴声悠扬，行笔墨流转，品人间雅趣。

三千年来的古诗词，浩如烟海，编者在辑选过程中，以意境美、文字美、韵律美为择选的标准。在鉴赏时，不求全析，只求共鸣，用感发人心的淡美文字对其解析。

本辑精选齐白石、吴湖帆、溥儒、石涛、傅抱石、黄宾虹、于非闇、陈少梅、张石园、吴昌硕等大师的绘画作品，文、图、鉴意境融合，辉映共生。

同时，编者严选底本，精心校注，展现经典本来的面貌。

在编排过程中，本辑提取诗词名字的首字部首，

并依据《汉字部首表》，按照笔画数由少到多的次序进行排序。但因编排体例的限制，笔画数相同的以及起笔笔形相同的，不再遵循横（一）、竖（丨）、撇（丿）、点（丶）、折（乛）的顺序排列，而按照各诗词不同意境依次排序。

因能力有限，在成书过程中，未免有鲁鱼亥豕之讹，敬请各位读者不吝指正。

二〇二〇年五月

自序

山水是天地间的神奇造化，是文人情怀的寄托。我国古代文人与山水之间有着不解的情缘。山水的灵秀，使文人有了倾诉的对象和心灵的依托；文人的流连，使山水多了一分情调与韵味。

由于有了文人墨客的眷顾，以山水为题材的诗词曲赋在诗歌史上占有重要一席，从《诗经》到唐诗、宋词、元曲，无不有山水的身影。

山水里有诗人『已恨碧山相阻隔，碧山还被暮云遮』的惆怅，有诗人『萧萧梧叶送寒声，江上秋风动客情』的思念，有诗人『江流天地外，山色有无中』的豪迈与大气，有诗人『青山一道同云雨，明月何曾是两乡』的胸怀。

『山花落尽山长在，山水空流山自闲』，不变的是山水，变的是文人的心境。老庄在山水间感受到的

是物我两忘的境界。三国两晋南北朝时期文人醉心山水是为了逃避政治的黑暗和社会的动荡，是『三千里兮家未归，恨难禁兮仰天悲』的哀叹！三国两晋文人对山水的热衷促进了后世山水诗词的兴盛，以谢灵运和陶渊明为代表的山水田园诗人，他们纵情山水的安然与归隐田园的意趣，影响无数后来人。唐诗宋词中的山水是意境的悠远和格调的高雅，是『萧萧远树疏林外，一半秋山带夕阳』的豁达，是『青山遮不住，毕竟东流去』的无奈。

『醉翁之意不在酒，在乎山水之间也』，就让我们走进诗人笔下的山水世界去领略不一样的山水情怀。

二〇二〇年六月

目录

·一笔画·

·三笔画·

山

·四笔画·

王

木

日

水

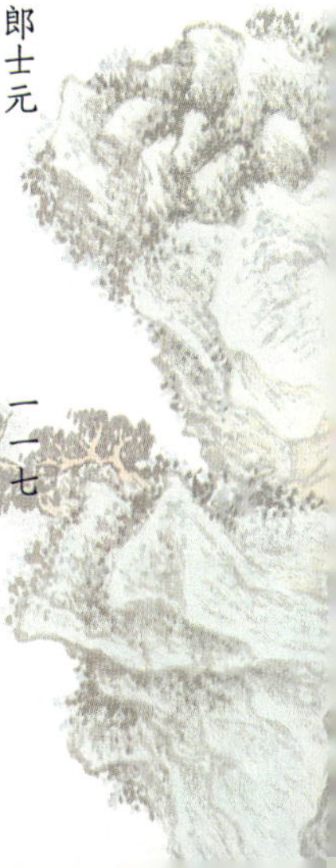

·五笔画·

·六笔画·

虍

页

竹

覀

·七笔画·

⻊

里

·八笔画·

·十一笔画·

·十二笔画·

山水奇

云住青山水到渊

山水奇

山水令人奇

◎一络索·过尽遥山如画

【清】纳兰性德

过尽遥山如画，短衣匹马。
萧萧木落不胜秋，莫回首斜阳下。
别是柔肠萦挂，待归才罢。
却愁拥髻向灯前，说不尽离人话。

◎纳兰性德，清代词人，字容若，号楞伽山人，著有《饮水词》等。

◎骏马奔驰过一座座风景如画的山峦，惊落一地秋色。夕阳西下，断肠人在天涯。放不下对你的思念，何日相拥灯下，诉说对你的牵挂。

◎万山潭作

【唐】孟浩然

垂钓坐盘石，水清心亦闲。
鱼行潭树下，猿挂岛藤间。
游女昔解佩，传闻于此山。
求之不可得，沿月棹歌还。

◎孟浩然，唐代诗人，名浩，字浩然，号孟山人，有《孟浩然集》传世。

◎亦：一作“益”。行：一作“游”。

◎独坐石上，钓一份悠闲。那树荫下的清潭，鱼儿在游来游去，青猿的吵闹声，揉碎了一潭的清静。既然无缘遇神女，便载一船月光，放歌归去吧。

◎天净沙·秋

［元］白朴

孤村落日残霞，
轻烟老树寒鸦，
一点飞鸿影下。
青山绿水，
白草红叶黄花。

◎白朴，字太素，号兰谷，元代杂剧作家，代表作有《唐明皇秋夜梧桐雨》。

◎落日西沉，残霞轻抚孤寂的山村，晚风摇曳着白草、红叶和黄花。

◎天净沙·秋

［元］朱庭玉

庭前落尽梧桐，
水边开彻芙蓉，
解与诗人意同。
辞柯霜叶，
飞来就我题红。

◎朱庭玉，一作朱廷玉，元散曲家（一说是明代人）。其散曲作品现存小令四首，套数二十二套。

◎君知我心，陪我寂寥。一片红叶来到我的身边，不忍离我而去。

◎东溪

【宋】梅尧臣

行到东溪看水时，坐临孤屿发船迟。

野凫眠岸有闲意，老树着花无丑枝。

短短蒲茸齐似剪，平平沙石净于筛。

情虽不厌住不得，薄暮归来车马疲。

◎梅尧臣，宋代诗人，字圣俞，世称宛陵先生，著有《宛陵先生集》等。

◎东溪看水，陪溪中孤石悠然闲坐。野鸭感受着太阳的温暖，老树伸展着秀丽的枝条，溪边绿草白沙。不忍离这美景而去，无奈暮色催人归。

◎乡思

【宋】李觏

人言落日是天涯，
望极天涯不见家。
已恨碧山相阻隔，
碧山还被暮云遮。

◎李觏，宋代哲学家、思想家、教育家、诗人，字泰伯，号盱江先生，著有《直讲李先生文集》等。

◎日落之处是天涯，望断天涯，望不见你的轮廓。恼人的青山挡住了我的视线，讨厌的暮云阻隔了我的思念。

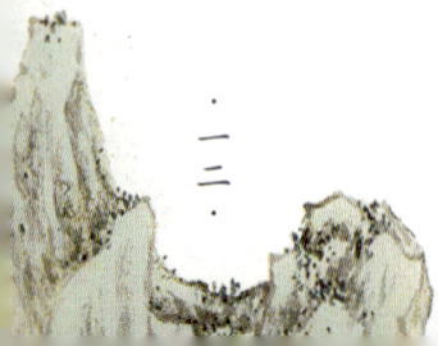

◎乡村四月

【宋】翁卷

绿遍山原白满川，
子规声里雨如烟。
乡村四月闲人少，
才了蚕桑又插田。

◎翁卷，宋代诗人，字续古，工诗，著有《四岩集》《苇碧轩集》等。

◎田野间，草木茂盛，四月烟雨迷蒙中，子规声声啼，就在此时种下希望，未来必定会收获美好。

书河上亭壁·其三

〔宋〕寇准

岸阔樯稀波渺茫，
独凭危槛思何长。
萧萧远树疏林外，
一半秋山带夕阳。

寇准，宋代诗人，字平仲，善诗能文，有《寇忠愍诗集》三卷传世。

凭栏远眺，我的愁绪如黄河之水绵延不断。不若放下得失，心自豁达。

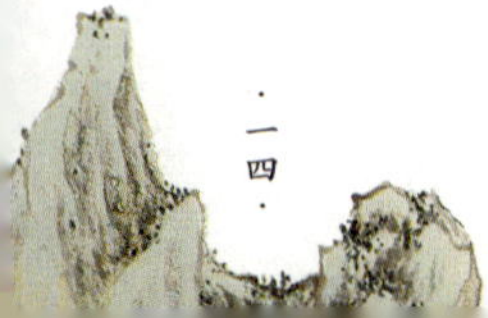

◎曲江二首

【唐】杜甫

其一

一片花飞减却春，风飘万点正愁人。
且看欲尽花经眼，莫厌伤多酒入唇。
江上小堂巢翡翠，苑边高冢卧麒麟。
细推物理须行乐，何用浮名绊此身？

◎杜甫，唐代诗人，字子美，自号少陵野老，著有《杜工部集》等。

◎叹落花，我的惆怅在空中飞舞，饮不尽忧愁。看透世事沧桑，趁时光正好，自在从容。

其二

朝回日日典春衣，每日江头尽醉归。
酒债寻常行处有，人生七十古来稀。
穿花蛱蝶深深见，点水蜻蜓款款飞。
传语风光共流转，暂时相赏莫相违。

◎人生暮年，淡然自若。典衣买醉曲江边，看蝴蝶缠绵飞舞，染一身清香，蜻蜓缓缓飞，贴着水面柔柔的波光。明媚的春光啊，莫辜负我一片深情。

◎九日齐山登高

【唐】杜牧

江涵秋影雁初飞，与客携壶上翠微。
尘世难逢开口笑，菊花须插满头归。
但将酩酊酬佳节，不用登临叹落晖。
古往今来只如此，牛山何必独沾衣。

◎杜牧，唐代诗人，字牧之，号樊川居士，著有《樊川文集》等。

◎大雁南飞，带去清秋的问候；携一壶美酒，远眺群山的苍翠。难得有闲情，何不共醉斜阳中。

◎夜雨寄北

〔唐〕李商隐

君问归期未有期，
巴山夜雨涨秋池。
何当共剪西窗烛，
却话巴山夜雨时。

◎李商隐，唐代诗人，字义山，号玉溪生，著有《李义山诗集》。

◎承诺，遥不可及；陪伴，才是最深情的告白。有一种思念，是不在身边，却在心间。

次北固山下

【唐】王湾

客路青山外，行舟绿水前。
潮平两岸阔，风正一帆悬。
海日生残夜，江春入旧年。
乡书何处达，归雁洛阳边。

王湾，唐代诗人，号为德，《次北固山下》为其代表作。

绿水悠悠，和风絮絮。夜阑珊，岁将尽，春意悄然至。雁归去，能否捎去我的家书？

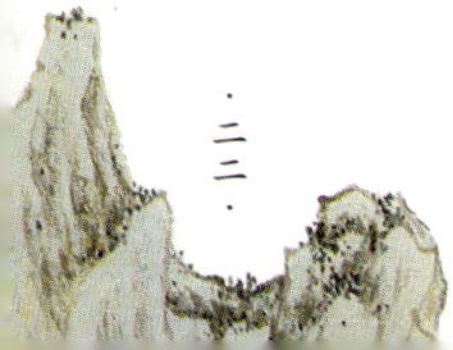

◎襄邑道中

〔宋〕陈与义

飞花两岸照船红，
百里榆堤半日风。
卧看满天云不动，
不知云与我俱东。

◎陈与义，南宋诗人，字去非，号简斋，著有《简斋集》。

◎两岸落花飞舞，一叶轻帆驶过。静卧船头，仰望蓝天，我心与白云共飘荡。

◎夜书所见

【宋】叶绍翁

萧萧梧叶送寒声，
江上秋风动客情。
知有儿童挑促织，
夜深篱落一灯明。

◎叶绍翁，宋代诗人，字嗣宗，号靖逸，著有《靖逸小稿》等。

◎秋风阵阵，寒意渐浓，撩起我的乡愁。远处，有天真的孩童在灯下捕捉蟋蟀。此情此景，乡愁更浓烈。

◎六月二十七日望湖楼醉书五绝·其一

〔宋〕苏轼

黑云翻墨未遮山，
白雨跳珠乱入船。
卷地风来忽吹散，
望湖楼下水如天。

◎苏轼，宋代文学家、书法家，字子瞻，号东坡居士，著有《东坡乐府》等。

◎乌云密布，暴雨袭来。一阵风吹过，暴雨停歇。登上望湖楼，看到天如水蓝，水明如镜，天地间一片明媚。

◎兰溪棹歌

【唐】戴叔伦

凉月如眉挂柳湾，
越中山色镜中看。
兰溪三日桃花雨，
半夜鲤鱼来上滩。

◎戴叔伦，唐代诗人，字幼公，代表作有《兰溪棹歌》《屯田词》等。

◎一弯新月装饰了夜空，越中山色倒映在水面上。春雨绵绵，兰溪水涨，鱼儿都游到了浅滩上。

◎台城

【唐】韦庄

江雨霏霏江草齐，
六朝如梦鸟空啼。
无情最是台城柳，
依旧烟笼十里堤。

◎韦庄，唐代诗人，字端已，“花间派”代表作家之一，著有《浣花集》等。

◎春雨霏霏，春草青青，往事如梦，春鸟悲啼。杨柳最是无情，依旧如轻烟般笼罩着十里长堤。

◎北山

［宋］王安石

北山输绿涨横陂，
直堑回塘滟滟时。
细数落花因坐久，
缓寻芳草得归迟。

◎王安石，宋代思想家、政治家、文学家，字介甫，号半山，“唐宋八大家”之一，著有《王临川集》等。

◎春满人间，我陶醉在这美景中，细数落花，流连忘返，归家迟。

◎诉衷情·宝月山作

［宋］仲殊

清波门外拥轻衣。杨花相送飞。
西湖又还春晚，水树乱莺啼。
闲院宇，小帘帏。晚初归。
钟声已过，篆香才点，月到门时。

◎仲殊，宋代僧人、词人，字师利，本姓张，名挥，仲殊为其法号。著有《宝月集》一卷，已失传。

◎和风习习，吹动我的衣带。柳絮飘飘，温柔地围绕在我身边。西湖边，落英缤纷，莺歌燕语。我身披夜色归来，深沉的钟声划破了寺院的清幽。

◎读水云丙子集

【宋】聂守真

别了金台尺五天，归来行橐tuó夜光县。
剑横碧落琴收匣，云住青山水到渊。
锡宴屡陪蓬岛客，唱酬休忆蕊宫仙。
故家只在西湖上，好在晴光雨色边。

◎聂守真，宋代道士，号碧窗。

◎阅尽繁华，才会心如止水，从容自若。待一切尘埃落定，剑藏琴收，万物回归到原本的模样，才能岁月静好，万事无忧。

◎后庭花·一春不识西湖面

〔宋〕许棐

一春不识西湖面。翠羞红倦。
雨窗和泪摇湘管。意长笺短。
知心惟有雕梁燕。自来相伴。
东风不管琵琶怨。落花吹遍。

◎许棐，宋代文人，字忱夫，号梅屋，著有《梅屋诗稿》《融春小缀》《献丑集》等。

◎春雨绵绵，是我对你的思念。纸短情长，写不下我对你的深情。春风不懂我的忧怨，唯有梁上燕子，知我心伤。

从军行七首·选四

〔唐〕王昌龄

其一

烽火城西百尺楼，
黄昏独上海风秋。
更吹羌笛关山月，
无那金闺万里愁。

◎王昌龄，唐代诗人，字少伯，擅长七绝，其边塞诗最为著名，《从军行七首》为其代表作。

◎上：一作“坐”。羌：一作“横”。无那：一作“谁解”。

◎黄昏时分，独坐戍楼上，一片荒寂，秋风撩起对你的思念。羌笛声声，对你的思念愈加浓厚。

其二

琵琶起舞换新声，
总是关山旧别情。
撩乱边愁听不尽，
高高秋月照长城。

◎旧：一作“离”。听：一作“弹”。

◎弹一曲琵琶，伤离情。冷冷的月，冷冷的夜，我心中的思绪怎一个愁字了得？

其四

青海长云暗雪山，
孤城遥望玉门关。
黄沙百战穿金甲，
不破楼兰终不还。

◎玉：一作“雁”。终：一作“竟”。

◎谁见过雪山之巅？谁理解边塞的孤独？谁懂我心中豪情？只有你！

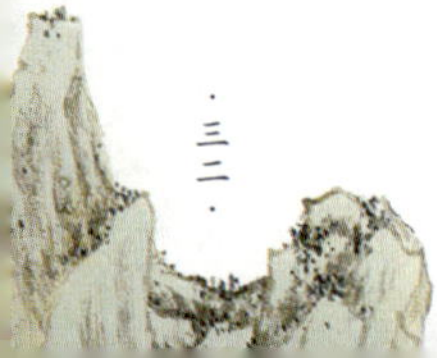

其七

玉门山嶂几千重，
山北山南总是烽。
人依远戍须看火，
马踏深山不见踪。

◎山峦层层叠叠，好似守卫的哨兵，烽火台守卫着边疆的安危。我用一生来保护这片土地，还有你。

入若耶溪

【南北朝】王籍

艅(yú)艎(huáng)何泛泛，空水共悠悠。

阴霞生远岫，阳景逐回流。

蝉噪林逾静，鸟鸣山更幽。

此地动归念，长年悲倦游。

◎王籍，南北朝诗人，字文海，有文才，《入若耶溪》为其代表作。

◎泛舟溪上，随波悠游，晚霞倒映在水面。蝉儿高歌，唱出密林的清幽；鸟鸣声声，更显深山的幽静。此情此景，唤醒我的归隐之心。

◎卜算子·送鲍浩然之浙东

【宋】王观

水是眼波横，山是眉峰聚。

欲问行人去那边？眉眼盈盈处。

才始送春归，又送君归去。

若到江南赶上春，千万和春住。

◎王观，宋代词人，字通叟，自号逐客，著有《冠柳集》等。

◎水波流转，青山如黛。落花送春，我送君。若是遇到江南的春天，请捎去我的问候。

南歌子·十里青山远

【宋】仲殊

十里青山远，潮平路带沙。
数声啼鸟怨年华，
又是凄凉时候、在天涯。
白露收残月，清风散晓霞。
绿杨堤畔问荷花：
记得年时沽酒、那人家？

◎《南歌子》：一作《南柯子》。

◎青山连绵，潮水退去，留下深情的问候。鸟鸣声声，似在诉说我远在天涯的孤寂。清风吹去残暑的炎热，我走过那似曾相识的杨柳河畔，你还记得去年那个我吗？

◎同赋山居七夕

［唐］李峤

明月青山夜，高天白露秋。
花庭开粉席，云岫敞针楼。
石类支机影，池似泛槎流。
暂惊河女鹊，终狎野人鸥。

◎李峤，唐代诗人，字巨山，以文辞著称，著有《李峤集》。

◎明月夜，青山隐隐，一丝凉意白露秋。花开娇艳，云遮秀楼。泛舟池上，惊飞相思意。

凭阑人·江夜

［元］张可久

江水澄澄江月明，
江上何人搊玉筝？
隔江和泪听，
满江长叹声。

张可久，号小山，元代散曲作家，著有《小山乐府》等。

谁在弹拨玉筝，勾起我的心伤？一声长叹，泪眼蒙眬。

◎观潮

［宋］苏轼

庐山烟雨浙江潮，
未到千般恨不消。
及至到来无一事，
庐山烟雨浙江潮。

◎我对你魂牵梦绕，如若不见，终生遗憾；今日相见，不过如此。

◎巫山高

【唐】李贺

碧丛丛，高插天，大江翻澜神曳烟。

楚魂寻梦风飔（sī）然，晓风飞雨生苔钱。

瑶姬一去一千年，丁香筇（qióng）竹啼老猿。

古祠近月蟾桂寒，椒花坠红湿云间。

◎李贺，唐代诗人，字长吉，人称“诗鬼”，著有《昌谷集》。

◎巫山苍翠，群峰高耸。楚王的思念在风雨中呢喃，似在诉说那段找不回的曾经。瑶姬已去，庙堂空空，唯有花丛中、竹林间传来老猿悲啼。

◎巫山曲

[唐] 孟郊

巴江上峡重复重，阳台碧峭十二峰。
荆王猎时逢暮雨，夜卧高丘梦神女。
轻红流烟湿艳姿，行云飞去明星稀。
目极魂断望不见，猿啼三声泪滴衣。

◎孟郊，字东野，唐代诗人，著有《孟东野诗集》。

◎巫山雨意浓，楚王梦神女。山间云雾缥缈，微雨打湿了神女的艳姿。破晓时分，神女化作行云，飘然离去。怅然间，我愁绪满怀，泪湿衣衫。

◎巫山一段云·古庙依青嶂

【五代】李珣

古庙依青嶂，行宫枕碧流。

水声山色锁妆楼。往事思悠悠。

云雨朝还暮，烟花春复秋。

啼猿何必近孤舟。行客自多愁。

◎李珣，五代词人，字德润。著有《琼瑶集》，已佚。

◎青翠的山峰陪伴着神女庙，碧绿的江水轻拥着楚王的细腰宫。青山流水依旧，往事悠悠。老猿何必声声啼，行人已有许多愁。

◎大德歌·冬

[元] 关汉卿

雪粉华，舞梨花，
再不见烟村四五家。
密洒堪图画，看疏林噪晚鸦。
黄芦掩映清江下，斜缆著钓鱼艖。

◎关汉卿，号已斋，元代杂剧家，“元曲四大家”之首。

◎粉：当为“纷”之误。

◎漫天雪花飞舞，模糊了我的视线。寒鸦归巢，我心归何处？

◎国风·周南·汉广

《诗经》

南有乔木，不可休思。汉有游女，不可求思。
汉之广矣，不可泳思。江之永矣，不可方思。
翘翘错薪，言刈(yì)其楚。之子于归，言秣(mò)其马。
汉之广矣，不可泳思。江之永矣，不可方思。
翘翘错薪，言刈其蒌(lóu)。之子于归，言秣其驹。
汉之广矣，不可泳思。江之永矣，不可方思。

◎《诗经》，中国最早的一部诗歌总集，收录了西周初年至春秋中叶的诗歌。

◎刈：割。秣：喂马。蒌：草名。

◎汉水浩渺，江水湍急。我爱慕的姑娘啊，就要嫁人了，你可知我心中的惆怅？

◎国风·秦风·晨风

《诗经》

鴥(yù)彼晨风，郁彼北林。未见君子，

忧心钦钦。如何如何？忘我实多！

山有苞栎，隰(xí)有六驳(bó)。未见君子，

忧心靡乐。如何如何？忘我实多！

山有苞棣，隰有树檖(suí)。未见君子，

忧心如醉。如何如何？忘我实多！

◎鴥：鸟疾飞的样子。隰：低洼湿地。驳：树木名。檖：山梨。

◎鸟儿归巢，回到林中。遥望远处苍翠，我忧心如焚，望眼欲穿，却等不到我的夫君，恐怕他早就忘了我！

◎国风·曹风·下泉

《诗经》

冽彼下泉，浸彼苞稂（láng）。忾我寤叹，念彼周京。

冽彼下泉，浸彼苞萧。忾我寤叹，念彼京周。

冽彼下泉，浸彼苞蓍（shī）。忾我寤叹，念彼京师。

芃芃黍苗，阴雨膏之。四国有王，郇（xún）伯劳之。

◎稂：一种莠类的野草。蓍：一种用于占卦的草。郇伯：郇侯，文王之子。

◎泉水寒凉，汩汩流动，醒来叹息，念我故都。那时黍苗青青、风调雨顺。四方的诸侯都来朝见天子，贤德高贵的郇伯亲切慰劳他们。然而，这一切都已烟消云散了。

◎四块玉·别情

【元】关汉卿

自送别，心难舍，
一点相思几时绝？
凭阑袖拂杨花雪。
溪又斜，山又遮，人去也！

◎自从你离开，我才知相思的煎熬。犹记当时，拂去如雪柳絮，只见弯弯小溪、重重山峦，而你已远去，不见踪影。

◎回乡偶书二首·其二

【唐】贺知章

离别家乡岁月多，
近来人事半消磨。
唯有门前镜湖水，
春风不改旧时波。

◎贺知章，唐代诗人、书法家，字季真，自号四明狂客，诗文俱佳，现存诗十九首。

◎离开家乡太久，我容颜已老，世事沧桑。只有那门前的湖水，还是旧时模样。

◎闻王昌龄左迁龙标遥有此寄

［唐］李白

杨花落尽子规啼，
闻道龙标过五溪。
我寄愁心与明月，
随风直到夜郎西。

◎李白，唐代诗人，字太白，号青莲居士，被誉为“诗仙”。

◎柳絮飘飞，君已远去。一轮明月，一缕清风，请你们带去我的思念。

◎菩萨蛮·五云深处蓬山杳

〔宋〕李之仪

五云深处蓬山杳，
寒轻雾重银蟾小。
枕上挹余香，春风归路长。
雁来书不到，人静重门悄。
一阵落花风，云山千万重。

◎李之仪，宋代词人，字端叔，号姑溪居士，著有《姑溪词》等。

◎云雾缥缈，蓬山杳渺。等不到你的归期，我心中凄凉。风吹过，落红满地，吹不尽我的思念。

◎菩萨蛮·溪山掩映斜阳里

［宋］魏夫人

溪山掩映斜阳里，
楼台影动鸳鸯起。
隔岸两三家，出墙红杏花。
绿杨堤下路，早晚溪边去。
三见柳绵飞，离人犹未归。

◎魏夫人，宋代女词人，名玩，字玉汝，著有《魏夫人集》。

◎斜阳下，微风轻拂，惊醒鸳鸯梦。一枝红杏偷偷从院墙上探出头来。溪边小路上，思念的人儿徘徊惆怅。已看了三年柳絮飘飞，何时才能等到离人的归来？

◎菩萨蛮·书江西造口壁

【宋】辛弃疾

郁孤台下清江水，
中间多少行人泪。
西北望长安，可怜无数山。
青山遮不住，毕竟东流去。
江晚正愁余，山深闻鹧鸪。

◎辛弃疾，南宋词人，字幼安，号稼轩居士，著有《稼轩长短句》。

◎郁孤台下，江水滔滔，水中有多少离愁泪。重重山峦，隔不断我对故都的深情。江水东流，带不走我的哀愁。

◎菩萨蛮·平林漠漠烟如织

〔唐〕李白

平林漠漠烟如织，
寒山一带伤心碧。
暝色入高楼，有人楼上愁。
玉阶空伫立，宿鸟归飞急。
何处是归程，长亭连短亭。

◎远山如碧，雾锁深林。暮色中，谁在独自忧伤？我站在石阶上，看到归巢的鸟儿急急飞翔。哪里才是我的归宿？心中惆怅。

◎苏幕遮·碧云天

[宋] 范仲淹

碧云天，黄叶地，秋色连波，波上寒烟翠。
山映斜阳天接水，芳草无情，更在斜阳外。
黯乡魂，追旅思，夜夜除非，好梦留人睡。
明月楼高休独倚，酒入愁肠，化作相思泪。

◎范仲淹，宋代文学家，字希文，有《范文正公文集》传世。

◎白云朵朵，点缀着天空；黄叶片片，装饰着大地。秋水共长天一色。芳草无情，一直延绵到天边。这份乡思折磨着我，只有夜夜好梦，才能得到片刻安慰。苦酒入喉，皆化作思乡的眼泪。

◎苏幕遮·燎沉香

［宋］周邦彦

燎沉香，消溽暑。鸟雀呼晴，
侵晓窥檐语。叶上初阳干宿雨，
水面清圆，一一风荷举。
故乡遥，何日去？家住吴门，
久作长安旅。五月渔郎相忆否？
小楫轻舟，梦入芙蓉浦。

◎周邦彦，宋代词人，字美成，号清真居士。作品多写闺情、羁旅，著有《片玉集》等。

◎焚一支香，闲看青烟袅袅，静听鸟儿私语。晨风起，吹动一池荷叶。梦中的故乡，我何时才能回到你的身边？

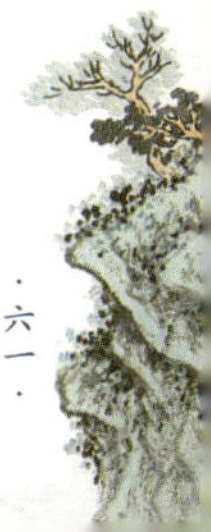

◎暮秋独游曲江

【唐】李商隐

荷叶生时春恨生，
荷叶枯时秋恨成。
深知身在情长在，
怅望江头江水声。

◎春天，带着忧伤，来到我的面前；秋风，带着愁绪，吹起我的思念。人生苦短，奈何情长，江水滔滔，流不尽我心中的惆怅。

◎芙蓉楼送辛渐二首·其二

【唐】王昌龄

丹阳城南秋海阴，
丹阳城北楚云深。
高楼送客不能醉，
寂寂寒江明月心。

◎密密阴云笼罩着丹阳城。芙蓉楼上，我与友人惜别，心中惆怅，喝酒也难尽兴。唯有天上明月，知我一片真情。

◎富春至严陵山水甚佳二首·其二

[清] 纪昀

浓似春云淡似烟，
参差绿到大江边。
斜阳流水推篷坐，
翠色随人欲上船。

◎纪昀，清代文学家，字晓岚，晚号石云，道号观弈道人，著有《阅微草堂笔记》。

◎山色优美，如春云浓厚，似淡烟轻薄。斜阳流水，青翠涌上船头。

◎寄扬州韩绰判官

［唐］杜牧

青山隐隐水迢迢，
秋尽江南草未凋。
二十四桥明月夜，
玉人何处教吹箫。

◎迢迢：一作“遥遥”。未：一作“木”。

◎青山朦胧，江水悠悠，秋已尽，草未枯。明月照长桥，美人在何处教人吹箫？

◎宿桐庐江寄广陵旧游

【唐】孟浩然

山暝听猿愁，沧江急夜流。
风鸣两岸叶，月照一孤舟。
建德非吾土，维扬忆旧游。
还将两行泪，遥寄海西头。

◎暮色苍茫，你为何愁情满怀？江水匆匆，你为何归心似箭？晚风吹来落叶的悲鸣，明月下一叶孤舟在水中漂荡。忆旧游，思乡伤感，我只能将两行热泪，遥寄到大海西头。

◎宿石邑山中

【唐】韩翃

浮云不共此山齐，
山霭苍苍望转迷。
晓月暂飞高树里，
秋河隔在数峰西。

◎韩翃，唐代诗人，字君平，“大历十才子”之一，著有《韩君平诗集》。

◎云雾缥缈朦胧了山峦的身姿，一弯晓月悄悄藏进林间，秋夜的银河挂在天边。我何时才能结束这种漂泊的生活？

◎宴词

[唐] 王之涣

长堤春水绿悠悠，
畎入漳河一道流。
莫听声声催去棹，
桃溪浅处不胜舟。

◎王之涣，唐代诗人，字季凌，代表作有《登鹳雀楼》《凉州词二首》。

◎春水悠悠，愁绪满怀，桃溪水浅，怕是载不动这许多离愁。

◎宿王昌龄隐居

【唐】常建

清溪深不测，隐处唯孤云。
松际露微月，清光犹为君。
茅亭宿花影，药院滋苔纹。
余亦谢时去，西山鸾鹤群。

◎常建，唐代诗人，字号不详，诗以写山水田园为主。代表作有《题破山寺后禅院》《宿王昌龄隐居》。

◎溪水幽深不可测，隐居之处唯有孤云。明月照松林，这一夜的清光只为你而来。花影绰绰，苔痕斑斑，目睹这一切的美好，使我想远离世俗，来此处与鸾鹤为伍。

◎渔翁

［唐］柳宗元

渔翁夜傍西岩宿，晓汲清湘燃楚竹。
烟销日出不见人，欸乃一声山水绿。
回看天际下中流，岩上无心云相逐。

◎柳宗元，唐代文学家，字子厚，“唐宋八大家”之一，著有《河东先生集》等。

◎停舟西山边，一夜好眠。清晨渔翁取来湘水，以楚竹为柴，炊烟袅袅。旭日初升，晨雾散去，四周一片寂静，只有船桨划动绿水。回首望，江水滚滚北流，白云自在舒卷。

◎浪花

【宋】王寀

一江秋水浸寒空，
渔笛无端弄晚风。
万里波心谁折得？
夕阳影里碎残红。

◎王寀，北宋大臣，字辅道，一字道辅。

◎江水茫茫，倒映着蔚蓝的天空；笛声悠悠，挑弄着晚风。碧波万里，谁能采摘到那浪花？只见夕阳余晖，将碎浪染红。江水起伏，揉碎了浪花，残红片片。

◎江上

【宋】王安石

江水漾西风，
江花脱晚红。
离情被横笛，
吹过乱山东。

◎秋风摇曳，残花在夕阳中纷纷飘落。送别的笛声已缥缈，使我心绪难平。

◎江上琴兴

【唐】常建

江上调玉琴，一弦清一心。
泠泠七弦遍，万木澄幽◎阴。
能使江月白，又令江水深。
始知梧桐枝，可以徽黄金。

◎阴：一作“音”。

◎为君调玉琴，调一次弦，心中就清明一次。调完七根琴弦，森林越发幽静阴冷，江中月影更白，江水越发深沉。这琴原来如此珍贵。

游钟山

【宋】王安石

终日看山不厌山，
买山终待老山间。
山花落尽山长在，
山水空流山自闲。

每天与你相伴，看不厌你的容颜，我欲与你相知相守。花开花落，唯有你看淡世事；流水潺潺，唯有你悠然自得。

◎汉江临眺

[唐] 王维

楚塞三湘接，荆门九派通。
江流天地外，山色有无中。
郡邑浮前浦，波澜动远空。
襄阳好风日，留醉与山翁。

◎王维，唐代诗人，字摩诘，号摩诘居士，著有《王右丞集》。

◎江水滔滔，带去天地的问候；青山隐隐，平添江面的辽阔。我欲与山翁同醉在这襄阳美景中。

◎酒泉子·长忆西山

[宋]潘阆

长忆西山，灵隐寺前三竺后。
冷泉亭上旧曾游，三伏似清秋。
白猿时见攀高树，长啸一声何处去？
别来几向画图看，终是欠峰峦！

◎潘阆，宋代文人，字梦空，号逍遥子，著有《逍遥词》等。

◎西山风光无限，清凉如秋，我欲寄情此间。常相忆，画出你的轮廓，却画不出你的神韵。

◎浪淘沙·九日从吴见山觅酒

［宋］吴文英

山远翠眉长。高处凄凉。
菊花清瘦杜秋娘。
净洗绿杯牵露井，聊荐幽香。
乌帽压吴霜。风力偏狂。
一年佳节过西厢。
秋色雁声愁几许，都在斜阳。

◎吴文英，宋代词人，字君特，号梦窗，著有《梦窗词集》。

◎空山滴翠，心中凄凉。菊花婀娜，楚楚动人。洗净绿玉杯，盛着菊花的清香。重阳佳节，与君饮酒醉。人生暮年，仍漂泊天涯，斜阳几许，照着我的离愁。

◎浣溪沙·山绕平湖波撼城

[宋] 张元幹

山绕平湖波撼城，湖光倒影浸山青。
水晶楼下欲三更。
雾柳暗时云度月，露荷翻处水流萤。
萧萧散发到天明。

◎张元幹，宋代文人，字仲宗，自号芦川居士、真隐山人，著有《芦川归来集》等。

◎群山环绕着平湖，湖中波涛涌动，摇动着孤城，那湖水倒映着青翠的山峦。流云遮月，柳生烟，荷叶翻动，露珠闪烁。我披散着白发，静待天明。

◎浣溪沙·山下兰芽短浸溪

【宋】苏轼

游蕲水清泉寺，寺临兰溪，溪水西流。

山下兰芽短浸溪，松间沙路净无泥。
萧萧暮雨子规啼。
谁道人生无再少？门前流水尚能西！
休将白发唱黄鸡。

◎绵绵细雨，洗去我心中的浮尘。莫叹息，发虽白，但豪情壮志犹在。

◎浣溪沙·一向年光有限身

【宋】晏殊

一向年光有限身。等闲离别易销魂。
酒筵歌席莫辞频。
满目山河空念远，落花风雨更伤春。
不如怜取眼前人。

◎晏殊，宋代文学家，字同叔，工诗善文，以词著于文坛，尤擅小令，风格含蓄婉丽，著有《珠玉词》等。

◎时光易逝，离别总是销魂，不若对酒当歌，及时行乐。放眼远望，怀念离别的亲友，感伤春光易逝。何必等到失去才追悔莫及，不若珍惜眼前人。

◎满江红·寄鄂州朱使君寿昌

[宋] 苏轼

江汉西来，高楼下、蒲萄深碧。

犹自带、岷峨雪浪，锦江春色。

君是南山遗爱守，我为剑外思归客。

对此间、风物岂无情，殷勤说。

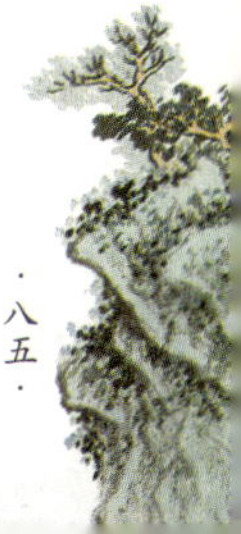

《江表传》，君休读。狂处士，真堪惜。
空洲对鹦鹉，苇花萧瑟。
独笑书生争底事，曹公黄祖俱飘忽。
愿使君、还赋谪仙诗，追黄鹤。

◎黄鹤楼下，烟波浩渺，一江春色东流水。你政绩卓著，我思乡未归。劝君莫读《江表传》，空悲切。贤人已逝，芦花萧瑟。愿你像李白一样潜心作诗，写出超越《黄鹤楼》的诗作。

◎满江红·自豫章阻风吴城山作

【宋】张元幹

春水迷天，桃花浪、几番风恶。
云乍起，远山遮尽，晚风还作。
绿遍芳洲生杜若，楚帆带雨烟中落。
傍向来、沙嘴共停桡，伤飘泊。

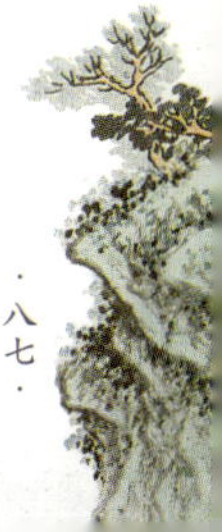

寒犹在，衾偏薄。肠欲断，愁难著。

倚篷窗无寐，引杯孤酌。

寒食清明都过却，最怜轻负年时约。

想小楼、终日望归舟，人如削。

◎正是桃花水涨时，风急浪大。阴云乍起，将远山层层遮蔽。春寒料峭，人难眠，我错过了与佳人约定的归期。料想佳人倚窗望船归，一日复一日，渐渐消瘦。

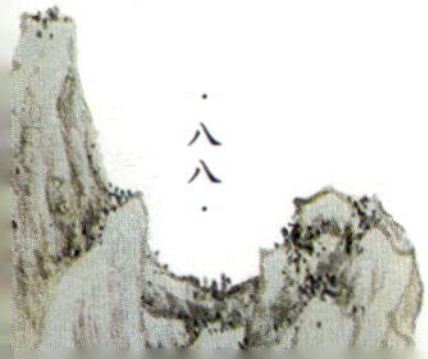

◎江城子·凤凰山下雨初晴

[宋] 苏轼

湖上与张先同赋，时闻弹筝。

凤凰山下雨初晴。水风清，晚霞明。

一朵芙蕖，开过尚盈盈。

何处飞来双白鹭，如有意，慕娉婷。

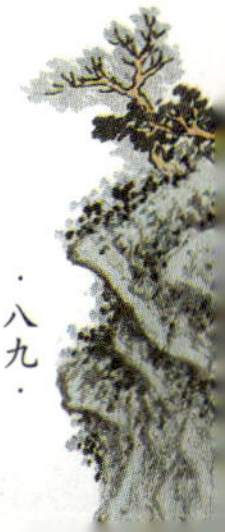

忽闻江上弄哀筝。苦含情，遣谁听。
烟敛云收，依约是湘灵。
欲待曲终寻问取，人不见，数峰青。

◎一抹斜阳拭去天空的泪滴，凤凰山下，云淡风轻。荷花盈盈，一对白鹭也在倾慕弹筝人的优雅。曲调忽转悲，谁忍听？曲终人散，余音回荡青峰间。

◎清平乐·候蛩凄断

【宋】张炎

候蛩凄断。人语西风岸。

月落沙平江似练，望尽芦花无雁。

暗教愁损兰成，可怜夜夜关情。

只有一枝梧叶，不知多少秋声。

◎张炎，南宋词人，字叔夏，号玉田，又号乐笑翁。著有《山中白云词》《词源》等。

◎虫儿在秋风中哀鸣，凄清冷月照在江面上。多情只为你，夜夜离情愁煞人。一片梧桐叶悠悠落下，满是离别的悲叹。

◎终南别业

【唐】王维

中岁颇好道，晚家南山陲。
兴来每独往，胜事空自知。
行到水穷处，坐看云起时。
偶然值◎林叟，谈笑无还期。

◎林：一作“邻”。

◎我已厌倦尘世的喧嚣，常常醉心于山林的清幽。悠然前行，追随着流水的脚步；临溪独坐，看白云悠悠。偶遇知音，忘了归期。

◎梦江南·千万恨

【唐】温庭筠

千万恨，恨极在天涯。
山月不知心里事，
水风空落眼前花。
摇曳碧云斜。

◎温庭筠，唐代诗人、词人，字飞卿，著有《温飞卿集笺注》等。

◎我已相思成灾，你却远在天涯。我心中的思念对谁倾诉？风吹花落，往事已成空。

◎梦江南·梳洗罢

【唐】温庭筠

梳洗罢，独倚望江楼。
过尽千帆皆不是，
斜晖脉脉水悠悠。
肠断白蘋洲。

◎有一种思念叫望眼欲穿，我日日盼望你的出现，从早到晚，却只见到滔滔江水，我肝肠寸断。

◎忆秦娥·龙潭口

【清】纳兰性德

山重叠，悬崖一线天疑裂。

天疑裂，断碑题字，古苔横啮。

风声雷动鸣金铁，阴森潭底蛟龙窟。

蛟龙窟，兴亡满眼，旧时明月。

◎群山环绕，从悬崖下往上看，天空只露出一线光亮。断碑青苔，斑驳了岁月。风雷动，金戈鸣，满眼兴亡，明月依旧，惆怅无限。

◎狼山观海

【宋】王安石

万里昆仑谁凿破，无边波浪拍天来。
晓寒云雾连穷屿，春暖鱼龙化蛰雷。
阆苑仙人何处觅，灵槎使者几时回？
遨游半是江湖里，始觉今朝眼界开。

◎谁凿破昆仑山，大水奔腾而下，波浪滔天。云雾弥漫，春雷响，鱼龙动。在此何须觅仙境，登高远望，始觉天地宽。

◎送灵澈上人

【唐】刘长卿

苍苍竹林寺，
杳杳钟声晚。
荷笠带斜阳，
青山独归远。

◎刘长卿，唐代诗人，字文房，代表作有《逢雪宿芙蓉山主人》。

◎寺庙掩映在苍苍竹林中，远处传来深沉的钟声，似在催促你。你头戴斗笠，身披斜阳，独向青山深处行。

◎送友人入蜀

【唐】李白

见说蚕丛路，崎岖不易行。
山从人面起，云傍马头生。
芳树笼秦栈，春流绕蜀城。
升沉应已定，不必问君平。

◎蜀道崎岖，山崖陡峭。苍翠的树木守护着栈道的清静，蜀城依偎着春江低语。人生早有定数，何必执迷于追逐名利。

◎送杜十四之江南

【唐】孟浩然

荆吴相接水为乡，
君去春江正淼茫。
日暮征帆何处泊，
天涯一望断人肠。

◎你离去的时候，春江正烟雾弥漫。夕阳西下，你会在何处停泊？我望断天涯，肝肠寸断。

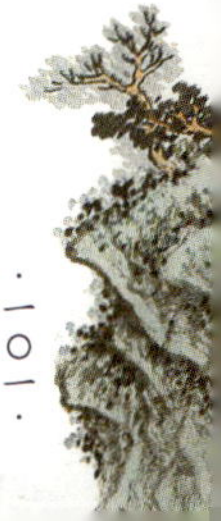

◎送李少府贬峡中王少府贬长沙

【唐】高适

嗟君此别意何如，驻马衔杯问谪居。

巫峡啼猿数行泪，衡阳归雁几封书？

青枫江上秋天远，白帝城边古木疏。

圣代即今多雨露，暂时分手莫踌躇。

◎高适，唐代边塞诗人，字达夫，著有《高常侍集》等。

◎与君别，意如何，且问杯中酒。山高水长，请归雁捎去我对你的牵挂。秋高气爽，古木参天，烦恼随风而去。太平盛世下必定人安乐，我劝君莫踌躇。

◎送柴侍御

【唐】王昌龄

流水通波接武冈，
送君不觉有离伤。
青山一道同云雨，
明月何曾是两乡。

◎送你离开，没有什么可悲伤的，只因我们共处一片天地，同享一轮明月。

◎送友人

【唐】薛涛

水国蒹葭夜有霜，
月寒山色共苍苍。
谁言千里自今夕，
离梦杳如关塞长。

◎薛涛，唐朝女诗人，字洪度，著有《锦江集》。

◎塞：一作“路”。

◎夜色苍茫，我送你离开。谁说离别后深情不再？但天高路远，今日一别，怕是无缘再见。

◎寻南溪常山道人隐居

【唐】刘长卿

一路经行处，○莓苔见履痕。
白云依静○渚，○春草闭闲门。
过雨看松色，随山到水源。
溪花与禅意，相对亦忘言。

◎莓：一作“苍”。渚：一作“者”。春：一作“芳”。

◎青苔满径，还留有一串鞋印。白云轻柔，静静守候水中的沙洲；芳草萋萋，谢绝尘世的一切喧嚣。临溪而坐，静看溪花。

◎归嵩山作

【唐】王维

清川带长薄，车马去闲闲。
流水如有意，暮禽相与还。
荒城临古渡，落日满秋山。
迢递嵩高下，归来且闭关。

◎河水清清，草木交错，驾车马悠然离去。飞鸟衔来落日的余晖，流水带去我归隐的情意。

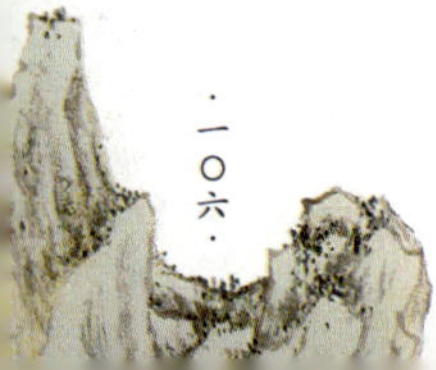

◎寿阳曲·江天暮雪

[元]马致远

天将暮，雪乱舞，
半梅花半飘柳絮。
江上晚来堪画处，
钓鱼人一蓑归去。

◎马致远，元代戏曲家、杂剧家，字千里，号东篱，“元曲四大家”之一，后人辑有《东篱乐府》。

◎天将暮，落雪无声，雪花翩翩起舞，似梅花，似柳絮。茫茫天地间，钓鱼人独归。

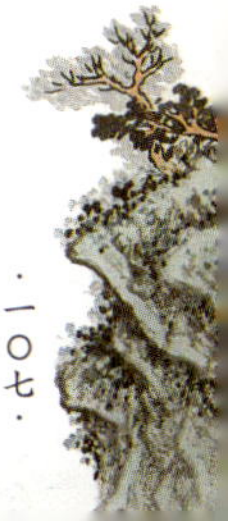

◎山中

【唐】王维

荆溪白石出，
天寒红叶稀。
山路元无雨，
空翠湿人衣。

◎溪水远去，独留寂寞白石，天气寒凉，枝头红叶稀疏。山里并没有下雨，但那大片的绿色好像要沾湿我的衣服。

◎山中

【唐】王勃

长江悲已滞，
万里念将归。
况属高风晚，
山山黄叶飞。

◎王勃，唐代文学家，字子安，“初唐四杰”之一，著有《王子安集》等。

◎滚滚江水因为我的悲伤，似乎忘记了前行的步伐。一片片飞舞的落叶似诉说我对故乡的思念。

◎山中杂诗

【南北朝】吴均

山际见来烟，
竹中窥落日。
鸟向檐上飞，
云从窗里出。

◎吴均，南北朝文学家，字叔庠，诗文自成一家，常写山水景物，称为“吴均体”，著有《吴均集》等。

◎山边云雾缭绕，余晖洒在竹林间。多情的鸟儿飞去，白云飘出窗外。

山坡羊·骊山怀古

［元］张养浩

骊山四顾，阿房一炬，当时奢侈今何处。
只见草萧疏，水萦纡。
至今遗恨迷烟树，列国周齐秦汉楚。
赢，都变做了土；输，都变做了土。

◎张养浩，元代文学家，字希孟，号云庄，著有《归田类稿》等。

◎骊山依旧，不见当年的奢华与喧嚣。唯有稀疏的荒草，蜿蜒的流水，诉说着往日的恩怨情仇。赢又如何，输又如何？最终不过一抔黄土。

◎山坡羊·道情

〔元〕宋方壶

青山相待，白云相爱，梦不到紫罗袍共黄金带。

一茅斋，野花开。

管甚谁家兴废谁成败，陋巷箪瓢亦乐哉。

贫，气不改；达，志不改。

◎宋方壶，元代散曲家，名子正，号方壶。

◎青山白云相伴，笑看红尘俗世。管谁人成败，守一世淡泊，贫也悠然，达也悠然。

◎幽居初夏·选一

[宋] 陆游

湖山胜处放翁家，
槐柳阴中野径斜。
水满有时观下鹭，
草深无处不鸣蛙。
◦箨(tuò)龙已过头番笋，
木笔犹开第一花。
叹息老来交旧尽，
睡来谁共午瓯茶？

◎陆游，宋代文学家，字务观，号放翁，著有《剑南诗稿》《渭南文集》等。

◎绿叶扶疏，野径深处是我家。白鹭起舞，惊皱一湖青碧；蛙鸣处处，吵醒初夏的宁静。此时，竹笋早已成熟，木笔才刚刚绽放。闲思旧事，空叹流年，午时梦醒，谁能与我话当年？

◎峨眉山月歌

［唐］李白

峨眉山月半轮秋，
影入平羌江水流。
夜发清溪向三峡，
思君不见下渝州。

◎半个秋月挂在巍巍峨眉山前，江水流动，月亮倒映在江面上。今夜我就要离开，带着对你的思念。

◎望洞庭

【唐】刘禹锡

湖光秋月两相和，
潭面无风镜未磨。
遥望洞庭山水翠，
白银盘里一青螺。

◎刘禹锡，唐代文学家，字梦得，诗文俱佳，有“诗豪”之称，著有《刘宾客集》。

◎湖面静谧如镜，一轮明月在悄悄欣赏自己的倩影。遥望洞庭山水，好似青螺盛放白银盘中。

◎柏林寺南望

【唐】郎士元

溪上遥闻精舍钟，
泊舟微径度深松。
青山霁后云犹在，
画出西南四五峰。

◎郎士元，唐代诗人，字君胄，著有《郎士元集》。

◎泛舟溪上，听钟声悠悠，看山路蜿蜒，赏松林清幽。雨后初晴，白云描绘了山峰的青翠。

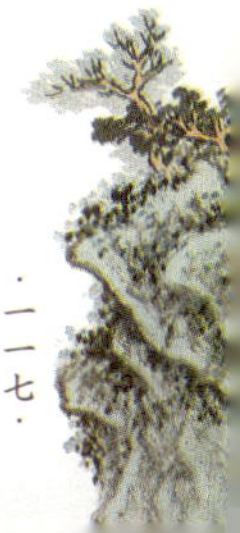

◎横江词六首

【唐】李白

其一

人道横江好，侬道横江恶。
一风三日吹倒山，
白浪高于瓦官阁。

◎人人都说横江好，只因未见风浪险。狂风怒吼，巨浪滔天，胜过人间无数凶险。

其二

海潮南去过浔阳，
牛渚由来险马当。
横江欲渡风波恶，
一水牵愁万里长。

◎海潮向南而去，远至浔阳。牛渚虽险，却挡不住你前行的步伐。我曾经豪情壮志，现今只有愁绪满怀。

其三

横江西望阻西秦，
汉水东连扬子津。
白浪如山那可渡，
狂风愁杀峭帆人。

◎横江凶险，阻我北上，却隔不断我心中的希望。白浪咆哮，愁杀渡江人。

其四

海神来过恶风回，

浪打天门石壁开。

浙江八月何如此，

涛似连山喷雪来。

◎海神携狂风而来，挥起巨浪劈开天门山。浪涛汹涌，似连绵的山峰喷涌着雪花而来。

其五

横江馆前津吏迎，
向余东指海云生。
郎今欲渡缘何事，
如此风波不可行。

◎东边海云生，当前形势堪忧，您渡江为何事？风浪如此凶险，我劝君莫要渡江了。

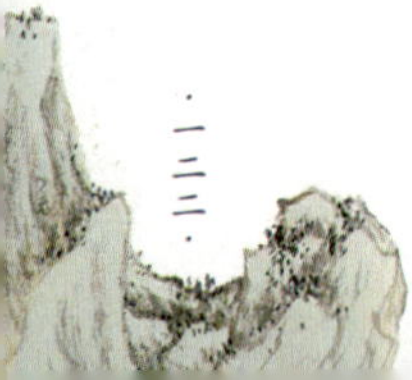

其六

月晕天风雾不开，
海鲸东蹙百川回。
惊波一起三山动，
公无渡河归去来。

◎风起云涌，江雾弥漫，月朦胧。惊涛拍岸，群山摇动。渡河无望，不如归去。

◎相送

【南北朝】何逊

客心已百念，
孤游重千里。
江暗雨欲来，
浪白风初起。

◎何逊，南北朝文学家，字仲言，著有《何记室集》。

◎风雨欲来，白浪翻滚，漂泊异乡的愁绪填满我孤独的灵魂，你送别的温情浇不灭我独自远行的寂寞。

◎李思训画长江绝岛图

[宋] 苏轼

山苍苍，水茫茫，大孤小孤江中央。
崖崩路绝猿鸟去，惟有乔木搀天长。
客舟何处来？棹歌中流声抑扬。
沙平风软望不到，孤山久与船低昂。
峨峨两烟鬟，晓镜开新妆。
舟中贾客莫漫狂，小姑前年嫁彭郎。

◎孤山耸立，山水苍茫，风吹来悠扬的歌声。美丽的女子对镜梳新妆，劝君莫多情，她早已心有所属。

◎桂源铺

【宋】杨万里

万山不许一溪奔，
拦得溪声日夜喧。
到得前头山脚尽，
堂堂溪水出前村。

◎杨万里，宋代文学家，字廷秀，号诚斋，著有《诚斋集》。

◎纵使受到群山的阻挠，溪水也会在山间喧嚣。它千回百转，来到山脚尽头，欢快地奔向远方。

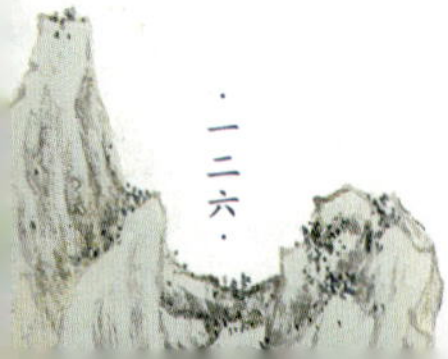

◎晚登三山还望京邑

［南北朝］谢朓

灞涘望长安，河阳视京县。
白日丽飞甍，参差皆可见。
余霞散成绮，澄江静如练。
喧鸟覆春洲，杂英满芳甸。

去矣方滞淫，怀哉罢欢宴。
佳期怅何许，泪下如流霰。
有情知望乡，谁能鬒不变。

◎谢朓，南北朝诗人，字玄晖，诗风清新秀丽，著有《谢宣城集》。

◎落日余晖，轻抚着高低不齐的屋脊；月光清透，尽享江水的平静。归鸟的喧嚣打破了小洲的静谧，野花的盛开芬芳了郊野的空气。登高遥望，我何时才能回到你的身旁？

◎晴江秋望

【唐】崔季卿

八月长江万里晴，
千帆一道带风轻。
尽日不分天水色，
洞庭南是岳阳城。

◎崔季卿，唐代诗人，《全唐诗》存诗一首。

◎极目远眺，江面上烟波浩渺，秋水与蓝天交织、缠绵。那远去的船儿，带去我心中的思念。

◎春题湖上

【唐】白居易

湖上春来似画图，乱峰围绕水平铺。
松排山面千重翠，月点波心一颗珠。
碧毯线头抽早稻，青罗裙带展新蒲。
未能抛得杭州去，一半勾留是此湖。

◎群山环绕，青松叠翠，皎皎圆月似湖中明珠。春风带来了绿色，也醺醉了我。我不忍离去，因为这美景常常牵绊着我。

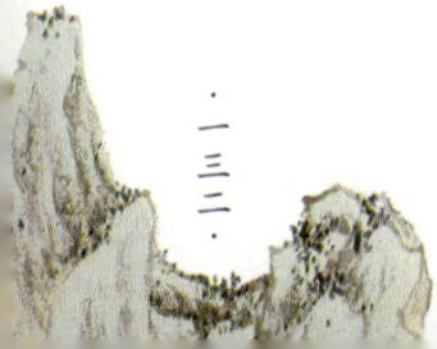

◎水调歌头·江上春山远

[宋] 葛长庚

江上春山远，山下暮云长。
相留相送，时见双燕语风樯。
满目飞花万点，回首故人千里，把酒沃愁肠。
回雁峰前路，烟树正苍苍。

漏声残，灯焰短，马蹄香。
浮云飞絮，一身将影向潇湘。
多少风前月下，迤逦天涯海角，
魂梦亦凄凉。
又是春将暮，无语对斜阳。

◎葛长庚，宋代道士、诗人，字如晦，号海琼子，后更名白玉蟾，著有《海琼集》等。

◎燕子双飞，低语缠绵，我不忍与君离别。落花飞舞，酒入愁肠，何时是归期？滴漏声残，马蹄余香，浮云何处栖？又是暮春时节，我默默站立在夕阳下，满身凄凉。

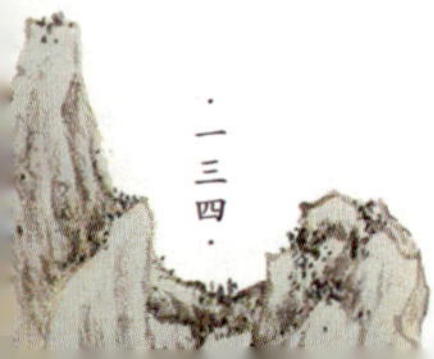

◎水调歌头·平山堂用东坡韵

【宋】方岳

秋雨一何碧，山色倚晴空。
江南江北愁思，分付酒螺红。
芦叶蓬舟千里，菰菜莼羹一梦，无语寄归鸿。
醉眼渺河洛，遗恨夕阳中。

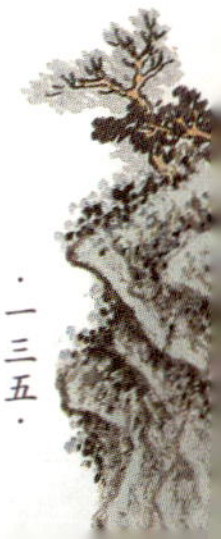

蘋洲外，山欲暝，敛眉峰。

人间俯仰陈迹，叹息两仙翁。

不见当时杨柳，只是从前烟雨，

磨灭几英雄。天地一孤啸，匹马又西风。

◎方岳，宋代诗人、词人，字巨山，号秋崖，著有《秋崖先生小稿》等。

◎漂泊在外，愁绪满怀，愿飞雁捎去我的思念。叹仙翁已逝，不见当年风景。长啸一声，我又将孤身上路，在凄凉的天地间。

◎水龙吟·过南剑双溪楼

【宋】辛弃疾

举头西北浮云，倚天万里须长剑。

人言此地，夜深长见，斗牛光焰。

我觉山高，潭空水冷，月明星淡。

待燃犀下看，凭栏却怕，风雷怒，鱼龙惨。

峡束沧江对起，过危楼、欲飞还敛。
元龙老矣，不妨高卧，冰壶凉簟。
千古兴亡，百年悲笑，一时登览。
问何人又卸，片帆沙岸，系斜阳缆。

◎遥望故国，恨无长剑驾驭万里长空。我虽有心迎敌，但身已老，一壶老酒度余年。登高处，千古多少兴亡事，都付笑谈中。

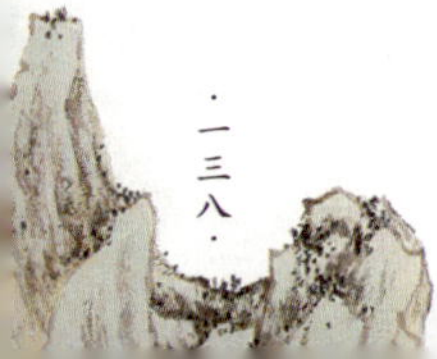

◎长相思·汴水流

［唐］白居易

汴水流，泗水流，
流到瓜洲古渡头。吴山点点愁。
思悠悠，恨悠悠，
恨到归时方始休。月明人倚楼。

◎白居易，唐代诗人，字乐天，号香山居士，著有《白氏长庆集》等。

◎我倚栏望月，山高水远，情难寄，我对你的思念却奔流不息。恨你，怨你，思念你，直到你回到我身边。

◎长相思·吴山青

【宋】林逋

吴山青，越山青，

两岸青山相送迎。谁知离别情？

君泪盈，妾泪盈，

罗带同心结未成。江头潮已平。

◎林逋，北宋诗人，字君复，后人称和靖先生。

◎两岸青山，相守相望，却不懂离情苦。执手相看泪眼，无语凝噎。你我相爱、相知，如今却要离别。此恨绵绵，江水悠悠。

◎长相思·山一程

【清】纳兰性德

山一程，水一程，

身向榆关那畔行，夜深千帐灯。

风一更，雪一更，

聒碎乡心梦不成，故园无此声。

◎路漫漫，水迢迢，身向榆关，心系家乡。夜已深，帐内灯火明，帐外风雪急。惊醒思乡梦，我的家乡没有这聒噪的风雪声。

◎长相思·一重山

【五代】李煜

一重山，两重山，
山远天高烟水寒，相思枫叶丹。
菊花开，菊花残。
塞雁高飞人未还，一帘风月闲。

◎李煜，五代时期南唐末代国君，字重光，号钟隐。

◎山远，天高，水寒，我对你的思念如火红的枫叶般浓烈。花开花落，时光如梭，雁南飞，人未还。风月依旧，情缘已逝。

◎旅宿

【唐】杜牧

旅馆无良伴，凝情自悄然。
寒灯思旧事，断雁警愁眠。
远梦归侵晓，家书到隔年。
湘江好烟月，门系钓鱼船。

◎异乡的夜，唯有雁鸣伴我愁眠。乡路遥遥，归思难寄，那烟月朦胧的湘水之畔，还系着我的渔舟。

◎成都曲

【唐】张籍

锦江近西烟水绿，
新雨山头荔枝熟。
万里桥边多酒家，
游人爱向谁家宿。

◎张籍，唐代诗人，字文昌，世称“张水部”“张司业”，著有《张司业集》。

◎锦江江面烟波浩渺，江水碧绿。新雨后，成熟的荔枝染红了山头。万里桥边繁华处，我该选哪个酒家投宿呢？

◎采桑子·何人解赏西湖好

[宋] 欧阳修

何人解赏西湖好，佳景无时。

飞盖相追。贪向花间醉玉卮。

谁知闲凭阑干处，芳草斜晖。

水远烟微。一点沧洲白鹭飞。

◎欧阳修，宋代文学家，字永叔，号醉翁，晚号六一居士，著有《欧阳文忠公集》。

◎谁能读懂西湖的美？马车互相追逐，饮酒作乐于花团锦簇间。谁能理解黄昏中斜倚栏杆的闲情？芳草萋萋，余晖照耀，水面上烟雾微茫，白鹭一点飞上天。

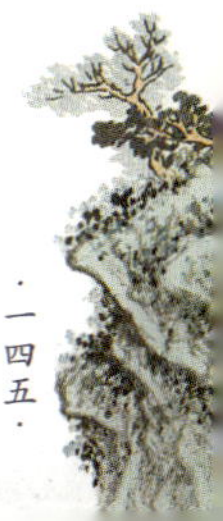

◎点绛唇·丁未冬过吴松作

【宋】姜夔

燕雁无心，太湖西畔随云去。
数峰清苦，商略黄昏雨。
第四桥边，拟共天随住。今何许？
凭栏怀古，残柳参差舞。

◎姜夔，宋代文学家，字尧章，号白石道人，著有《白石道人诗集》等。

◎鸿雁南飞，心中愁苦。我欲归去，归何处？独倚栏杆，只见残柳空中舞。

◎点绛唇·醉漾轻舟

[宋] 秦观

醉漾轻舟，信流引到花深处。
尘缘相误，无计花间住。
烟水茫茫，千里斜阳暮。
山无数，乱红如雨，不记来时路。

◎秦观，宋代词人，字少游，别号邗沟居士，著有《淮海集》等。

◎轻舟荡漾，随流水；醉眼蒙眬，看花深。放不下红尘羁绊，看来无法在这如花的仙境中久居。烟水茫茫，青山重重，落花缤纷，竟忘了来时路。

◎秋登兰山寄张五

【唐】孟浩然

北山白云里，隐者自怡悦。
相望试登高，心随雁飞灭。
愁因薄暮起，兴是清秋发。
时见归村人，沙行渡头歇。
天边树若荠，江畔洲如月。
何当载酒来，共醉重阳节。

◎登高远望，超然世外。愁情烦事，不必在意。一片青翠点缀了天空，一排小舟装饰了江畔。秋意浓，何不与我共醉山水间？

◎秋词二首·其二

【唐】刘禹锡

山明水净夜来霜，
数树深红出浅黄。
试上高楼清入骨，
岂如春色嗾（sǒu）人狂。

◎流水清洗了山川，清霜染红了秋天。登高远眺，秋色淡雅，不似那春色浓艳，惹人轻狂。

◎秋夜将晓出篱门迎凉有感二首·其二

［宋］陆游

三万里河东入海，
五千仞岳上摩天。
遗民泪尽胡尘里，
南望王师又一年！

◎黄河滔滔，东流入海；华山陡峭，高耸入云。怀念故国，遗民泪已尽，但心中仍有希望。

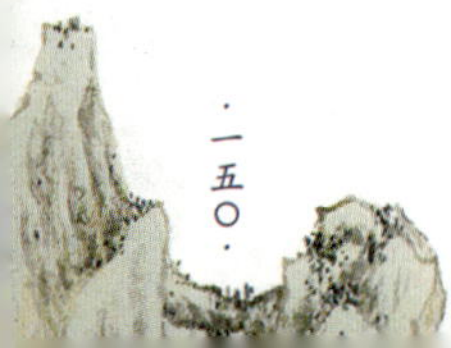

◎秋望

【明】李梦阳

黄河水绕汉宫墙，河上秋风雁几行。
客子过壕追野马，将军弢箭射天狼。
黄尘古渡迷飞挽，白月横空冷战场。
闻道朔方多勇略，只今谁是郭汾阳。

◎李梦阳，明代文学家，字献吉，号空同，著有《空同集》等。

◎秋风瑟瑟，雁南飞。黄河渡口，尘飞扬，明月当空，战场凄凉。听闻朔方多有有谋略之人，却不知现今是否还有像郭汾阳一样的人。

◎秋宿湘江遇雨

〔唐〕谭用之

江上阴云锁梦魂，江边深夜舞刘琨。
秋风万里芙蓉国，暮雨千家薜荔村。
乡思不堪悲橘柚，旅游谁肯重王孙。
渔人相见不相问，长笛一声归岛门。

◎谭用之，唐代诗人，字源远。

◎秋风起，暮雨潇潇，身似浮萍，心系故乡。在异乡无人看重，连渔人都不与我说句话，自顾自吹着长笛离去。

◎利州南渡

［唐］温庭筠

澹然空水对斜晖，曲岛苍茫接翠微。
波上马嘶看棹去，柳边人歇待船归。
数从沙草群鸥散，万顷江田一鹭飞。
谁解乘舟寻范蠡，五湖烟水独忘机。

◎对：一作“带”。波：一作“坡”。

◎斜阳下，渡口边，倦鸟归巢，离人归乡。而我欲随范蠡放浪江湖。

◎白云泉

【唐】白居易

天平山上白云泉，
云自无心水自闲。
何必奔冲山下去，
更添波浪向人间。

◎白云悠悠，泉水叮咚，云卷云舒，逍遥自在。红尘俗事多，何必去涉人间险。

◎思吴江歌

【晋】张翰

秋风起兮木叶飞，
吴江水兮鲈正肥。
三千里兮家未归，
恨难禁兮仰天悲。

◎张翰，晋代文学家，字季鹰。

◎秋风吹起落叶，吴江的美味勾起我思乡的愁绪。仰望天高云远，离家三千里，难抑心中对家乡的思念，只能向天悲叹。

◎生查子·游雨岩

【宋】辛弃疾

溪边照影行，天在清溪底。
天上有行云，人在行云里。
高歌谁和余，空谷清音起。
非鬼亦非仙，一曲桃花水。

◎天空和人都倒映在水中，人仿佛走在白云里。我放声高歌，谁懂我心中寂寞？山谷中有悦耳清音响起，原来是桃花旁的流水声。

◎玉楼春·别后不知君远近

【宋】欧阳修

别后不知君远近，触目凄凉多少闷。
渐行渐远渐无书，水阔鱼沉何处问。
夜深风竹敲秋韵，万叶千声皆是恨。
故欹单枕梦中寻，梦又不成灯又烬。

◎不知你身在何处，我心中的思念向谁倾诉？江水茫茫，等不到你的消息。夜风起，吹来相思的味道。本想梦中见到你，可谁知，梦没做成，灯芯已烧尽成灰。

◎登泰山

[元] 张养浩

风云一举到天关，快意生平有此观。
万古齐州烟九点，五更沧海日三竿。
向来井处方知隘，今后巢居亦觉宽。
笑拍洪崖咏新作，满空笙鹤下高寒。

◎登高远望，顿觉天地宽。与洪崖仙人谈笑风生，咏唱新歌，仙乐飘然而下，与大地、与泰山共鸣。

◎登岳阳楼二首

[宋] 陈与义

其一

洞庭之东江水西，帘旌不动夕阳迟。
登临吴蜀横分地，徙倚湖山欲暮时。
万里来游还望远，三年多难更凭危。
白头吊古风霜里，老木苍波无限悲。

◎历尽沧桑，旧地重游，往事已成空。衰老的枯树，苍凉的湖面，无限悲凉。

其二

天入平湖晴不风，夕帆和雁正浮空。

楼头客子◎杪(miǎo)秋后，日落君山元气中。

北望可堪回白首，南游聊得看丹枫。

翰林物色分留少，诗到巴陵还未工。

◎登楼远望，风光正好。北望只有稀疏白草，南望则有枫叶如火。唯有寄情山水，才能解我心中惆怅。

◎鹧鸪天·送人

【宋】辛弃疾

唱彻阳关泪未干，功名余事且加餐。

浮天水送无穷树，带雨云埋一半山。

今古恨，几千般，只应离合是悲欢？

江头未是风波恶，别有人间行路难。

◎一曲离别模糊了我的视线，烟雨迷蒙遮挡了山的容颜。千古恨，何止悲欢离合？路途艰险，哪有人间凶恶！

◎鹧鸪天·赏荷

【金】蔡松年

秀樾横塘十里香，水花晚色静年芳。
胭脂雪瘦熏沉水，翡翠盘高走夜光。
山黛远，月波长，暮云秋影蘸潇湘。
醉魂应逐凌波梦，分付西风此夜凉。

◎蔡松年，金代官员、文学家，字伯坚，号萧闲老人，著有《明秀集》《萧闲公集》等。

◎疏影横斜，暗香袭人，月下的荷花亭亭玉立，清雅秀美。我愿追随你的芬芳，与你共享这良辰美景。

◎耶溪泛舟

〔唐〕孟浩然

落景余清辉，轻桡弄溪渚。
澄明爱水物，临泛何容与。
白首垂钓翁，新妆浣纱女。
相看似相识，脉脉不得语。

◎孟浩然，名浩，字浩然，号孟山人，著有《孟浩然集》等。

◎一叶小舟，在落日的余晖中悠游。透过清澈的溪水，看见鱼儿在水草间嬉戏。岸上垂钓老翁和溪边浣纱少女，似曾相识，却只相看无语。

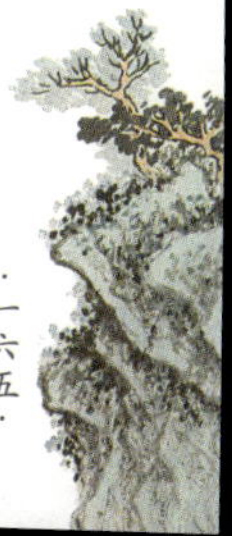

◎虞美人·影松峦峰

[清] 侯文曜

有时云与高峰匹，不放松峦历历。
望里依岩附壁，一样黏天碧。
有时峰与晴云敌，不许露珠轻滴。
别是娇酣颜色，浓淡随伊力。

◎侯文曜，清代词人，字夏若，著有《松鹤词》《巫山十二峰词》等。

◎白云缥缈，绕古松轻舞。抬眼望，云与山，相拥相依又相偎。有时山把晴云恼，不许露珠滴。云深或云浅，山色浓淡总相宜。

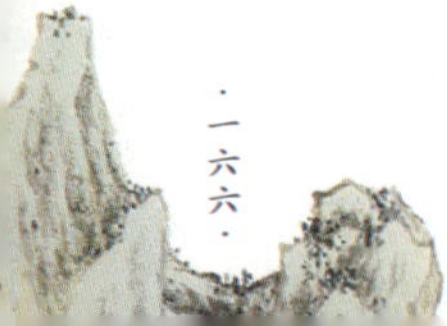

◎题稚川山水

［唐］戴叔伦

松下茅亭五月凉，
汀沙云树晚苍苍。
行人无限秋风思，
隔水青山似故乡。

◎晚：一作“暗”。

◎松下茅亭里凉意袭人，暮云遮不住远处的沙洲与树林。这片青山绿水，似曾相识，勾起我无限乡愁。

题君山

【唐】雍陶

风波不动影沉沉，
翠色全微碧色深。
应是水仙梳洗处，
一螺青黛镜中心。

◎雍陶，唐代诗人，字国钧，著有《唐志集》五卷。

◎《题君山》：一作《洞庭诗》。

◎烟波浩渺，一湖深碧，山影沉沉似青色的螺髻，这是仙女正在对镜梳妆吧？

◎题龙阳县青草湖

【元】唐珙

西风吹老洞庭波，
一夜湘君白发多。
醉后不知天在水，
满船清梦压星河。

◎唐珙，元代诗人，字温如，生平不详。

◎一夜秋风，吹来一道道皱纹落在你的额头，一腔愁思，染白你的秀发。明月清风，我醉卧舟中。满船清梦，漂荡在水中的星河上。

◎竹枝词二首·其二

[唐] 刘禹锡

楚水巴山江雨多，
巴人能唱本乡歌。
今朝北客思归去，
回入纥那披绿罗。

◎雨水湿透了巴蜀的山水，湿透了游子思归的愁绪。巴人乡歌悠悠，又平添一段愁。泪眼蒙胧中，故乡的人身披绿色绮罗，伴着乡歌起舞，欢迎我的归来。

◎西江月·阻风三峰下

【宋】张孝祥

满载一船秋色，平铺十里湖光。
波神留我看斜阳，放起鳞鳞细浪。
明日风回更好，今宵露宿何妨？
水晶宫里奏霓裳，准拟岳阳楼上。

◎张孝祥，宋代词人，字安国，别号于湖居士，著有《于湖词》等。

◎载一船秋色，在湖中荡漾。微风起，细浪轻舞，与水神共醉斜阳中。今宵露宿又何妨？涛声阵阵，如奏仙乐。待明日登上岳阳楼，我定要饱览洞庭的湖光山色。

◎西江月·问讯湖边春色

【宋】张孝祥

问讯湖边春色，重来又是三年。
东风吹我过湖船，杨柳丝丝拂面。
世路如今已惯，此心到处悠然。
寒光亭下水如天，飞起沙鸥一片。

◎再相逢，问一声你可安好？清风徐来，殷勤相待。我已历尽沉浮，阅尽沧桑，如今心自悠然。沙鸥展翅，丈量着天空的辽阔。

◎踏莎行·山居十首·其七

〔宋〕张抡

秋入云山，物情潇洒。
百般景物堪图画。
丹枫万叶碧云边，黄花千点幽岩下。

已喜佳辰，更怜清夜。
一轮明月林梢挂。
松醪常与野人期，忘形共说清闲话。

◎张抡，宋代词人，字才甫，自号莲社居士，著有《莲社词》。

◎枫叶片片染红了天边的云彩，菊花点点装扮了深幽的山谷。良辰美景，有酒，有月，有你，共醉今朝。

◎踏莎行·郴州旅舍

［宋］秦观

雾失楼台，月迷津渡，
桃源望断无寻处。
可堪孤馆闭春寒，杜鹃声里斜阳暮。

驿寄梅花，鱼传尺素，
砌成此恨无重数。
郴江幸自绕郴山，为谁流下潇湘去？

◎雾霭沉沉，望断天涯，不见心中桃花源。斜阳里，子规啼，谁懂我的孤寂？你的问候更添我的惆怅。流水啊，你为何要远走他乡？

◎野望

[唐] 王绩

东皋薄暮望，徙倚欲何依。
树树皆秋色，山山唯落晖。
牧人驱犊返，猎马带禽归。
相顾无相识，长歌怀采薇。

◎王绩，唐代诗人，字无功，自号东皋子，著有《王无功文集》等。

◎秋：一作“春”。

◎登高远眺，层林尽染，远山萧瑟，何处是我的归宿？长歌当哭，无人懂我的孤独。

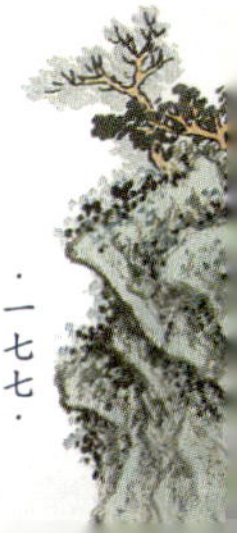

◎朝中措·送刘仲原甫守维扬

[宋] 欧阳修

平山阑槛倚晴空，山色有无中。
手种堂前垂柳，别来几度春风。
文章太守，挥毫万字，一饮千钟。
行乐直须年少，尊前看取衰翁。

◎凭栏远眺，山色葱郁。一别经年，春风茁壮了我亲手栽种的柳树。君下笔如有神，豪饮千杯不醉。趁年轻，及时行乐吧，与你对饮的我已白发苍苍。

◎黄河夜泊

【明】李流芳

明月黄河夜，寒沙似战场。
奔流聒地响，平野到天荒。
吴会书难达，燕台路正长。
男儿久为客，不辨是他乡。

◎李流芳，明代诗人，字长蘅，号檀园，晚号六浮道人，著有《檀园集》等。

◎月光下，黄河奔腾不息。黄沙漫漫，绵延到远方。漂泊在外多年，已不知身在何处。

◎墨梅

〔宋〕张嵲

山边幽谷水边村，
曾被疏花断客魂。
犹恨东风无意思，
更吹烟雨暗黄昏。

◎张嵲，宋代官员，字巨山，著有《紫微集》。

◎你清新脱俗，在孤独中悄然绽放着不屈的灵魂。无奈东风不解风情，吹乱烟雨，黄昏更暗了。

落景余清辉，轻桡弄溪渚。

澄明爱水物，临泛何容与。

白首垂钓翁，新妆浣纱女。

相看似相识，脉脉不得语。

◎耶溪泛舟

【唐】孟浩然

山

白云泉

【唐】白居易

天平山上白云泉，
云自无心水自闲。
何必奔冲山下去，
更添波浪向人间。

水